親愛的鼠迷朋友，
　　歡迎來到老鼠世界！

謝利連摩·史提頓

Geronimo Stilton

謝利連摩・史提頓

菲
（謝利連摩的妹妹）

老鼠記者 95

黃金隱形戰車
INGRANA LA MARCIA, STILTON!

作　　　者：Geronimo Stilton　謝利連摩・史提頓
譯　　　者：陸辛耘
責任編輯：胡頌茵
中文版封面設計：陳雅琳
中文版美術設計：羅益珠
出　　　版：新雅文化事業有限公司
　　　　　　香港英皇道499號北角工業大廈18樓
　　　　　　電話：(852) 2138 7998
　　　　　　傳真：(852) 2597 4003
　　　　　　網址：http://www.sunya.com.hk
　　　　　　電郵：marketing@sunya.com.hk
發　　　行：香港聯合書刊物流有限公司
　　　　　　香港新界大埔汀麗路36號中華商務印刷大廈3字樓
　　　　　　電話：(852) 2150 2100　傳真：(852) 2407 3062
　　　　　　電郵：info@suplogistics.com.hk
印　　　刷：C & C Offset Printing Co., Ltd
　　　　　　香港新界大埔汀麗路36號
版　　　次：二〇二〇年六月初版

http://www.geronimostilton.com
Based on an original idea by Elisabetta Dami.
Art Director: Iacopo Bruno
Cover by Roberto Ronchi, Alessandro Muscillo
Graphic Designer: Laura Dal Maso/ theWorldofDOT (Adapted by Sun Ya Publications (HK) Ltd.)
Illustrations of initial and end auxiliary pages: Roberto Ronchi, Ennio Bufi MAD5, Studio Parlapà and Andrea Cavallini |
Map: Andrea Da Rold and Andrea Cavallini
Story illustrations: Alessandro Muscillo, Christian Aliprandi
Artistic Coordination: Roberta Bianchi
Graphics: Chiara Cebraro
Geronimo Stilton names, characters and related indicia are copyright, trademark and exclusive license of Atlantyca S.p.A.
The moral right of the author has been asserted.
All Rights Reserved.
No part of this book may be stored, reproduced or transmitted in any form or by any means, electronic or mechanical,
including photocopying, recording, or by any information storage and retrieval system, without written permission from
the copyright holder.
For information about Atlantyca S.p.A., Italy-Via Leopardi 8, 20123 Milan, foreignrights@atlantyca.it
www.atlantyca.com
Stilton is the name of a famous English cheese. It is a registered trademark of the Stilton Cheese Makers' Association.
For more information go to www.stiltoncheese.com
ISBN: 978-962-08-7489-5
© 2011, 2017-Edizioni Piemme S.p.A. Palazzo Mondadori, Via Mondadori, 1- 20090 Segrate, Italy
International Rights © Atlantyca S.p.A. Italy
Traditional Chinese Edition © 2020 Sun Ya Publications (HK) Ltd.
18/F, North Point Industrial Building, 499 King's Road, Hong Kong
Published in Hong Kong
Printed in China

老鼠記者 Geronimo Stilton

黃金隱形戰車

謝利連摩·史提頓
Geronimo Stilton

新雅文化事業有限公司
www.sunya.com.hk

目錄

明媚的春日早晨……   *10*

謝利連摩，你自作自受！   *16*

一塊大香蕉皮！   *20*

這可真是一項了不起的記錄！   *30*

來來來，我來開車吧！   *36*

你簡直是一顆馬路炸彈！   *46*

一朵金色的雲   *54*

就叫我索爾！   *60*

索爾的秘密　　　　　　　　　　　70

我—就—要—他！只—要—他！　　80

啫喱—索爾聯合任務！　　　　　　90

瑪爾佩莎·馮·瑪爾佩　　　　　　100

真是讓我鬍鬚亂顫啊！　　　　　　110

你幫了我，我也要幫你！　　　　　116

史奎克・愛管閒事鼠

謝利連摩的好友，是一名私家偵探，他愛管閒事，最喜歡捉弄謝利連摩。

杜比斯・穩駕鼠

安心駕駛學院校長

伏特教授

謝利連摩的好友，是老鼠島上的科學家，常常進行各種神秘的實驗。

英特爾・比特

電腦工程學教授，綽號：「數碼鼠」

在妙鼠城，有這樣一個神秘的地方。它是一間秘密實驗室，位於在地下30層。實驗室裏有一輛名為「太陽號——索爾」的機械人汽車。它裝有精密的電子系統，全世界僅此一輛。

它能看能聽，還會說話（唉……怎麼說呢，其實它真的很囉嗦呢！）

只有一位老鼠能駕駛這輛汽車。啊哈，沒錯！他就是……謝利連摩·史提頓！

這是他們第一次相遇時的故事，一則真實的故事！

明媚的春日早晨……

　　這是一個明媚的春日早晨。在溫暖的陽光下，你會覺得所有事物都正在向你微笑，世界是多麼美好……

　　我一邊吹着口哨，一邊出了家門（我住在妙鼠城鼠市街8號），向辦公室走去（它位於約克郡布丁街13號）……

我沿着行人路**走**，路過了書報亭。我掃了一眼各大報紙的頭條新聞，然後買了我最愛的**雜誌**——《**乳酪收藏家**》。這本雜誌我一期也沒錯過，因為我……嘻嘻……**熱衷**於收藏18世紀的古董奶酪硬殼。

　　接着，我又去了平時一直光顧的**咖啡店**。像往常一樣，朋格·斯特拉帕查，咖啡店的侍應為我製作了一杯意式泡沫咖啡。我一邊喝着咖啡，一邊享受美味的塔列吉歐乳酪牛角包。

謝謝！

噴噴噴！

在經過音樂石廣場的時候，我瞥了一眼書店的櫥窗，欣喜地發現，店內裏陳列着我的一本暢銷書：**《奇鼠歷險記》系列的新書。**

這時，一位老婆婆認出了我，還問我要簽名：「史提頓先生，請問你的下一本 📖 會寫些什麼呢？」

我霎時漲紅了臉（我可是一個害羞的小老鼠呢，還不習慣這麼出名！）。我回答：「呃……老婆婆，這個我還沒決定呢，不過我正在構思……」

嗯……

啊！史提頓先生！

呃……

隨後，我便朝着辦公室的方向**大步**走去。我一邊走，一邊回想着剛才看到的**報紙**頭條，「前一天晚上，克里索菲拉女王的**鑽石**項鏈在妙鼠城國家博物館遭盜竊！」奇怪！究竟是誰這麼膽大包天呢？

　　我一邊思索這個問題，一邊**漫不經心**地橫過馬路……就在這時，我忽然聽到一聲刺耳的**剎車聲**。我嚇得轉身望去，才發現有個黃色的

小心啊！

東西正朝着我**撞**來!

　　我以一千塊莫澤雷勒乳酪的名義發誓!!!我想躲閃,可是來不及啦!「砰」的一聲,我就飛到了半空,然後四腳朝天,猛地跌在路中央。

砰嘭!!!!!!!

嗯……嗯……

小心啊!

謝利連摩，你自作自受！

我睜開眼睛，發現有很多雙眼睛，正驚詫地盯着我看呢。

原來是書報亭的老闆、咖啡店侍應，還有剛才找我索取簽名的老婆婆……

只聽大家異口同聲地驚叫一聲，問道：「史提頓先生，你還好嗎？」

在他們的呼喊中，我似乎聽見了一把熟悉的聲音，讓我**想起**了誰……咦？究竟是誰呢？

只聽那個尖尖的聲音說道：「你還好嗎，謝利連摩？」

我回答說：「呃……我還活着吧？」

就在這時，我聽到了救護車的**響號聲**。它越來越近，越來越近……然後我就失去了知覺。

當我再次醒來時，眼前只有一片……**白茫茫……**

我差點以為自己被壓扁了呢！突然，我感覺到尾巴傳來一陣**劇痛**。啊！原來我還活着！

我發現自己躺在醫院裏的病牀上，大家都目不轉睛地盯着我看，還有一名醫生正在**包紮**我的尾巴。

「啊呀呀！我這是怎麼了？」

「你的尾巴**斷**了，史提頓先生，」醫生說，「你剛才出了車禍。」

我咕噥着說：「車禍？啊！對！書報亭！不對！咖啡店！不對，是**簽名**！哎呀，不是不是，是書店⋯⋯啊啊啊，我想起來了！這個，其實，事實上，我正在**橫過**馬路，然後⋯⋯」

哎呀呀！

突然，我記起了一切：我被**撞倒**了！

　　我忍不住**怒吼**：「到底是哪個長着梵蒂娜乳酪臉的傢伙？是哪一隻**可惡**的老鼠？是哪一隻**地溝鼠**幹的好事？」

　　只聽見一把熟悉而尖銳的聲音説道：「是我啦，小史提頓……」

　　我轉過頭，看見了和我一起長大的朋友，史奎克·愛管閒事鼠。我不禁大叫：「**怎麼是你！快説！你為什麼為什麼為什麼為什麼要撞我？**」

　　然而，在場的所有老鼠都竟紛紛站在他那邊，大家直搖起頭，説：「原因很簡單，史提頓先生……當時你正心不在焉，心神恍惚地過馬路，還闖了**紅燈**！！！」

一塊大香蕉皮！

　　就在這時，診症室的大門打開了。走進來的都是我的家鼠。他們異口同聲地喊：「**謝利連摩，你還活着呀！**」

　　醫生幫我包紮完了尾巴，隨後我就在家鼠們的陪伴下離開了醫院。

　　咕吱吱！我真是個可憐蛋。大家非但不安慰我，還你一言我一語，沒完沒了地**責備**我。

　　雖然他們說的話語都不一樣，但是表達的卻是同一個意思，說是我自作自受！

　　馬克斯爺爺說：「為什麼每次**闖禍**的總是你？」

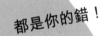

都是你的錯！

你怎麼不小心一點呢？

你怎麼總是這樣糊塗呀？？

麗萍姑媽說：「我的姪兒啊！我說，你怎麼**不小心**一點呢？」

菲說：「啫喱，你怎麼總是這樣糊塗呀？」

你到底有沒有動動腦思考啊？

賴皮說：「表哥，你到底有沒**有動動腦**思考啊？」

班哲文說：「叔叔，你究竟在想些什麼呀？」

你究竟在想些什麼呀？？

史奎克又說：「現在就讓我來告訴你們，當時究竟**發生**了什麼事！

事情是這樣的……

當時我正駕駛着**香蕉車**，你們都知道吧？一輛香蕉形狀，外型搶眼的黃色車，想不注意都難呢⋯⋯我看見是**綠燈**，所以就向前方駛去，誰想到這傢伙突然出現在我面前！幸好，我的車速不快！我還按了喇叭呢！可是，他根本無動於衷，明明是**紅燈**仍要橫過馬路。你們真是沒看見他那副心不在焉的樣子⋯⋯」

眾鼠紛紛搖頭說：「唉，我們太了解他了！謝利連摩啊，**總是**這樣糊裏糊塗！」

哼！我生氣極了，轉身就對史奎克**小聲**說道：「你算什麼朋友啊！」

他冷笑道：「這都是你的錯，小謝利連摩！下次再過馬路，你能不能先仔細看清楚路面，等綠燈亮起來了再走？」

啊呀呀！真是吵死我啦！我想**清靜**一下，

於是便決定去辦公室。

爺爺卻說：「我要跟你一起去，好好**看**住你！你這個大笨蛋啊，從來都不讓我省心！」

我剛進編輯部，尾巴還綁着繃帶，腦袋還**嗡嗡作響**呢，佩佩麗莎就已經向我走來，在我耳邊悄悄說道：「有位**貴客**正在辦公室等你⋯⋯」

她進一步壓低了聲音，說：「是市長！他**親自**來找你啦！」

我立刻有了精神，說：「我以一千塊莫澤雷勒乳酪的名義發誓，這是多大的**榮幸**呀！」

走進辦公室，市長托帕多・榮譽鼠**熱情地**歡迎我：「早安，史提頓先生！噢，原來你也在，坦克鼠先生！我有一個天大的好消息要告訴你們，妙鼠城有一項重要的任務，要交給一家富有社會**責任感**的出版社去完成⋯⋯而我們選擇

了貴社！」

爺爺**捲了捲**一根鬍鬚，自豪地說道：「真是太榮幸了⋯⋯請問是什麼任務呢？」

市長回答：「是這樣的，妙鼠城要準備一本教育手冊，分發到城裏的所有學校，對孩子們進行道路安全教育！你們根本無法想像，現在城中有多少老鼠，甚至是成年老鼠，連最基本的交通規則都不會遵守！」

爺爺狠狠**瞪**了我一眼，然後說：「啊，是的，我能想像，你說得沒錯！」

我的臉霎時漲得**通紅**：「這……這個啊，當然啦！」

市長繼續說：「雖然許多出版社都爭相申請**競逐**（比如莎莉・尖刻鼠的《老鼠日報》），但我們還是希望能由《**鼠民公報**》來完成這項任務！」

光是**聽到**《老鼠日報》和莎莉・尖刻鼠這個名字，也就是我們的頭號勁敵，爺爺的臉就刷地**沉了下來。**

莎莉・尖刻鼠

她是《老鼠日報》的主編，不擇手段，厚顏無恥。她的座右銘是：「如果沒有新聞，那就編造新聞，哼！」

「那你們真是找對了地方！我們一定會**全力以赴**，做出一本好書。要說道路安全教育，誰會比我們更在行呢？對吧，謝利連摩？」

「當然啦！」我**趕緊**點頭。

直到這時，市長才注意到我的尾巴上綁了**緞帶**，驚訝地問：「這……史提頓先生，你的尾巴怎麼了？」

「啊，沒什麼！」我試圖掩飾。

市長卻追問道：「什麼叫沒什麼？都綁了**緞帶**呢！我能知道究竟發生了什麼事嗎？你是不是出了車禍？」

爺爺立刻打斷：「是這樣的，我孫兒……他……他不小心踩到了香蕉皮，對，沒錯，一根很**大**的香蕉，真的！」

我不禁瞪大了雙眼說：「啊？什麼什麼皮？

哪根香蕉？」

　　這時，爺爺卻悄悄踢了我一腳，繼續說：
「是一根**大香蕉**的大果皮！對不對，孫兒？」

　　我趕緊應和：「對對對！一根大香蕉，大得
就和⋯⋯就和**汽車**一樣！」

　　市長繼續問：「啊⋯⋯
我差點以為是你也不
懂**交通規則**呢！話
說回來，我們的正經
事！一周之後，貴
社將在妙鼠城主廣
場正式出版發布這
一本**道路安全
教育手冊**。

「屆時，老鼠島上的所有記者傳媒和**電視台**都會參加！而你，史提頓先生，將會在一條特殊的**車道**上駕駛，向大家展示如何安全行車。」

「呃……你是說我？我要在眾鼠面前示範駕駛？」

「沒錯。請問你有什麼**問題**嗎？你有駕駛執照，對不對？你知道妙鼠城的交通規則，對不對？」

呃……

市長直勾勾地**盯著**我說，爺爺也是。我有一種不詳的預感……但還是擠出一絲**微笑**，說：「我……當然有駕駛執照啦！**十八歲**那年就成功考取了呢！」

然後，市長微笑着說：「那你一定也有按照妙鼠城交通**法規**的要求，每十年更新一次了……在駕駛執照的背面應該能看到更新**印章**……」

　　我傻愣愣地站着，笑容瞬間**凝固**起來。

　　咕吱吱！我可從來沒有更新過駕駛執照呀！

　　我早就把這件事忘得**一乾二淨**……

　　而且，我從不開車呀！

　　爺爺抬了抬眉毛，冷冷地說道：「你有什麼問題嗎，孫兒？」

　　我不禁擦了擦額頭上的**汗珠**，回答說：「沒有，沒有，一切盡在掌握！」

這可真是一項了不起的記錄！

　　就在這時，**市長**起身，準備離開：「很好，史提頓先生！那麼，一周後的發布**儀式**，我們就拭目以待啦！你可別忘了帶上駕駛執照啊！呵呵！」

　　我也試着微笑：「當然啦，駕駛執照，呵呵！駕駛執照，呵呵呵！」

　　其實我的內心已是**七上八下**，因為……我的駕駛執照早就過期了！

　　啊！那我還怎麼在發布儀式上開車呀？！

這簡直是一個天大的悲劇！

我什麼也不敢對爺爺説，我只好急忙打了電話給柏蒂·活力鼠。

　　她是我最好的朋友（她任職電視台記者，是一位充滿魅力的美女鼠……）

　　總之，我給她打了電話。柏蒂總有許多好主意。她建議我説：「你立刻去一所**駕駛學院**，問問他們，你的駕駛執照過期了，現在該怎麼辦。也許還來得及更新呢……」

　　她接着説：「你家附近的**街角**就有一家，對吧？」

啊！沒錯沒錯！那裏有一家不大的駕駛學校，叫「**安心駕駛學院**」。

真是多虧了柏蒂的建議呢！掛上電話，我立刻趕了過去。接待我的，是一位**端莊穩重**的女鼠。

我試圖解釋：「呃，這個，**我是想說**，我有駕駛執照，但其實呢，我又沒有……**我是想說**，我本應該……但我沒有……不過也許現在可以解決，然後……」

這時，一把**尖尖的**聲音突然在我背後響起，插話說：「少廢話！把駕駛執照給我！」

原來，那是駕駛學院校長——**杜比斯·穩駕鼠**。

他長着一雙<ruby>烏黑發亮</ruby>的眼睛，就和黑橄欖一樣，炯炯有神。他穿着一套<ruby>筆挺的</ruby>西裝，配搭了一根梵蒂娜乳酪色的領帶。

我滿懷希望地把駕駛執照交到他的手爪裏……

然而，他只是<ruby>迅速</ruby>掃了一眼，就直搖起頭：「我得告訴你兩件事：

1. 你的駕駛執照過期了；
2. 你得重新考試。」

隨後，這位駕駛學院校長連珠炮發地解釋了

起來：「要重考駕駛執照，顯然，當然，自然，你得通過兩項考試，包括：

1. 筆試
2. 路試」

聽罷，我不禁焦急得淚水在眼眶打轉，激動地說：「什麼什麼什麼，我得重新參加筆試？還有路試？？？首先，沒有這個**必要**，因為很久以前我就拿到了駕駛執照。其次，我沒有這個時間！我很忙，不，我簡直是日理萬機！」

穩駕鼠已經把一張紙塞到了我的爪裏。紙上有十道問題！

「安靜安靜安靜！如果你說（這可是你說的，不是我說的）你胸有成竹，那就趕快來做一個**測試**。我倒要看看你是否真的合符資格。」

我瞥了一眼問卷，臉就刷地變得慘白。

我連一塊乳酪硬殼都不懂啊！

我絞盡腦汁，好不容易回答完了那些問題。穩駕鼠接過答卷，不停地劃着**紅線**，最後說道：「沒有一題是答對的！沒有一題！這可真是一項了不起的記錄！恭喜你！」

這個交通標誌代表什麼意思？
禁止把乳酪磨成粉末？？
不對！！！小心注意落石！！！

這個交通標誌代表什麼意思？
禁止超越黑色汽車？？
不對！！！禁止超越前車！！！

這個交通標誌代表什麼意思？
禁止與小火車玩耍？
不對！！！小心！水平交叉道口！

這個交通標誌代表什麼意思？
這個……就是……

來來來，我來開車吧！

我**絕望**地說道：「可是，一星期後我就要在大家面前開車了呢！到時候會有市長，還有老鼠島上的所有記者和電視台！」

我頓時焦急得鬍鬚**亂顫**起來，不禁哀求說：「求你了，穩駕鼠先生，求求你幫幫我！現在我到底應該怎麼辦呀？」

他抬了抬左側的眉毛：「簡單！

1. 全神貫注上理論課；

2. 專心致志上實踐課。

然後，認認真真參加駕駛考試。照着我所說來做，你一定能合格的。但要是你不努力，那就等着做**噩夢**吧！」

「我一定會努力的！」我答應他。

「如果你表現不好，我一定不會對你**客氣**，明白了嗎？」

「好吧好吧……你儘管鞭策我吧，但你一定要幫我解決駕駛執照的**問題**啊！」

他又抬了抬右邊的眉毛。

「這就是駕駛學院的汽車。你趕快準備，我們馬上開始上**第一節課！！！**」

我繫好安全帶，打上左轉燈，檢查好**倒後鏡**，顫顫巍巍地把腦袋探了出去，開始駕駛。

穩駕鼠卻突然大喊：「**看清楚！看清楚！**
看清楚！你難道想被其他車壓扁嗎？？？」

　　於是，我再仔細看了一遍兩邊的倒後鏡。
剛一踏油門 **出發**，他又在我耳邊大吼起來：
「史提頓先生，先**左**轉，再**右**轉……減速……
加速……剎車！！現在加速，然後**右**轉，**右**
轉，再**右**轉，然後直走……呃……你覺得我們現

你這是在幹什麼？？
要表演飛車嗎？

呃……

啊！！！！！！！！

減速！！！

在是在哪兒呀？史提頓先生，你倒是告訴我呀！我要你時刻保持警惕、**靈活！**」

我聽着穩駕鼠的指示，像一個大笨蛋一樣不停駕着車轉彎。他卻仍在發施號令：「**向前！向後！右轉！左轉！**停！！！剎車！不對，不是這樣！你想被撞嗎？不對！不對，現在趕快**加速**，你沒看到我們已經妨礙交通了嗎？

「你是怎麼一回事呀？被莫澤雷勒乳酪片蓋住了眼睛嗎？那是**行人過路斑馬線**啊！行人有優先權，懂不懂？」

穩駕鼠不停地咆哮着說：「你在做什麼？怎麼給我開進了單程路？那個**藍色箭嘴**，你難道沒看見嗎？禁止駛入啊！哎呀呀呀！你聽你聽你聽！為什麼要按着喇叭不放？這是多麼**粗魯**啊！你知道這些都意味着什麼嗎？意味着你**根本不會開車**！」

接着，這位駕駛學院校長又開始折磨我（為了我好！）：「現在**更難**的任務來了！史提頓先生，在你開車的時候，永遠都不能分心，就算是你回答我的問題，也不能分心啊！你要養成習慣，在開車時始終集中**注意力**！！！好，現在你告訴我，你的工作還順利嗎？你的妹妹叫什麼

名字？她今年幾歲？**3**乘**6**除以**2**加 **18**減**3**等於幾？快回答我回答我回答我*！」

我結結巴巴地說：「呃……」

只聽他大喊：「現在**右轉**，進入主道！」

隨後，他猛地踩下了副剎車掣，然後吼道：「小心！！！！你難道沒看到**停車標誌**嗎？你是要停下來，還是被壓成比目魚？注意那輛電單車，它有先行權！還有，那輛裝滿了**堆肥**的大貨車！

*答案是24！

臭死啦！

　　就算這架車臭氣熏天，你也不能超越它！這裏是 **雙白線！**」

　　接着，他又說：「注意保持安全行車距離！這樣我們能少聞點**臭味**，還能避免危險，例如：

1. 追撞車尾
2. 滿車堆肥傾瀉到我們頭上！

　　咦？這是什麼怪聲音？擋泥板卡住啦！唏！你看看你是怎麼**停車**的？你想要把防撞柱撞倒嗎？你看你看，撞上去了！還有，那輛鳴笛的**救護車！**你得讓它先行啊！我真是太佩服你了！你又打破了一項記錄！在一小時內，違反守則多達十次啊！！！」

　　他無奈地搖起頭，隨後繼續說道：「你說的

那個道路安全教育宣傳儀式，就是市長也會參加的那個，我看就只有兩個結果，要不你找個替身，要不從現在開始，你就給我好好補課！」

我低下頭，羞愧地說道：「那請你告訴我，我該怎麼辦啊⋯⋯」

他同時抬起了一雙眉毛，說：「每天早上七時，先學理論，再學實踐。只有這樣，你才有可能通過考試⋯⋯但是，坦白告訴你，像你這樣的情況，我看沒什麼希望！」

我在駕駛學院上課的第一天……唉！

1. 我差點在行人斑馬過路線上撞倒一位女士！！！

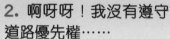

2. 啊呀呀！我沒有遵守道路優先權……

3. 我差點撞上了一輛滿載堆肥的大貨車！臭死啦！

4. 倒車時，我撞到了防撞柱……

5. 在停車時，又出了點小狀況……

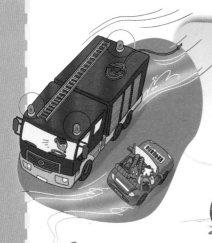

6和7. 我超過了消防車近路，又擋住了一輛救護車的去路！！！

8. 在轉彎時，我剷上了行人路壆……

9. 我逆向駛入了一條單程路……

10. ……最後，我居然沒在停車標誌前剎車！！！可憐的我啊！

史提頓先生，像你這樣的情況，真的沒什麼希望！

你簡直是一顆馬路炸彈！

　　自那天之後，每個早上，我都在7時正開始**準時**上課。下課後，我得趕回家**編寫**那本《道路安全教育手冊》。

　　到了第四天早晨，穩駕鼠急不及待地對我**吼**道：「好了，好了，好了！現在就讓我們來檢驗一下……」

　　「嗖」的一聲，他將手爪指向了一塊大白板。只見白板上有**數不清**的道路標誌。還沒等我回過神，他就像機關槍掃射一樣，開始連珠炮發似的向我提問：「這個**倒**三角標誌是什麼意思？這個**正**三角又代表什麼？這個畫着**左箭嘴**

的藍色圓圈是什麼？還有那個畫着**右箭嘴**的？嗯？嗯？嗯？」

　　我根本什麼都不懂啊，於是就胡亂回答起來：「單車道……啊不，也許是**單車**禁行？呃……穿過三角區？前方有幾何題目問答？還是注意避讓？又或者是……停下？」

咕吱吱，我連一塊乳酪硬殼都不懂啊！

我們也來認識各種

在香港的街道上，我們常常會看見各種交通標誌和道路標記，這些標誌各有不同的意思，用來向道路使用者預告前方路面的情況。

圓形標誌

這些指令標誌稱為「限制標誌」，表示規定、禁令或限制，通常是圓形的。有些圓形標誌會附有輔助字牌，註明補充資料。如果你看見一塊藍色底的圓形標誌，那是讓駕駛員必須遵照該標誌的命令指示。

最高時速

時速限制

 只准單車及三輪車通行

禁止單車進入

STOP 停　停車並讓其他車輛先行

所有車輛不准駛入

不能由此方向進入該道路。即使是騎單車，逆行也是相當危險的啊！

道路標誌吧！

考考你： 在第48-49頁裏，這些圓形標誌都是用來表示限制，然而，當中有一個標誌和其他不同。小朋友，你能把它找出來嗎？*

禁止響號

在此處不可以按喇叭響號！

行人徑及單車或三輪車徑，禁止汽車駛入

行人止步

不准泊車

在此處不可以停泊車輛！

指示行駛方向標誌

左轉

右轉

*答案：停車標誌。這個標誌並不是圓形的，而是呈八角形的。整個標誌主體是紅色的，上面的文字是白色的。

三角形標誌

三角形標誌則用來表示警告。這些三角形標誌的一角向上，大部分都有紅邊、白色背景和黑色圖案，表示前路有危險。當道路使用者看到這類標誌，就必須小心謹慎。

前面有其他危險

注意危險，謹慎駕駛，注意觀察路面情況。

注意行人

前面有行人過路處

小心兒童

注意這裏有許多兒童經過（附近可能有學校）。

前面有斜坡

前面道路為向下的斜坡。標誌上的比率表示傾斜坡度，比率越大，傾斜度越大。例如1:5（或20%）斜坡的傾斜度，較1:10（或10%）斜坡陡峭。

這種警告標誌也用作臨時標誌，警示前面路面因道路工程而收窄。

前面左邊道路收窄

前面有道路工程

前面有道路正在進行道路施工工程

前面路滑

前面路面危險，有可能會令汽車輪胎打滑！

駕駛者必須停車，暫停等候，注意讓駛近的車輛先行通過！

前面有「停車」或「讓路」標誌

這個標誌表示前方路面起伏不平，要小心駕駛！

路面不平

*答案：前面有「停車」或「讓路」標誌。因為大部分三角形標誌的一角都是朝上的，而這個標誌的一角則是朝下的。儘管這是讓駕駛者注意的警告，其實任何道路使用者都一定要注意這些警告標誌啊！

他不禁將手爪舉向天空：「**我簡直無法相信！** 幸好你的駕駛執照已經過期！你簡直是一顆 **馬 路 炸 彈** ！是一個危險的司機！但我有辦法來解決，你就**看著**吧！」

上完理論課，我又去上了實踐課，然後回家。這時的我，早已**頭暈目眩**。

儘管這一周的每一天都可怕至極，一回到家，我還是堅持動筆，繼續編寫那本關於**道路安全**的書本。我想告訴大家，遵守交通規則是多麼重要的。

距離截止日期只剩三天啦。經過**一整晚**的努力，我終於寫完，並通過郵件把文稿發送給編輯部進行修改。隨後，我馬上累倒，「撲」的一下，伏在自己的手提電腦上**沉沉睡著了**。

你簡直是一顆 馬路炸彈！

　　我做了一個夢，夢見一個體形魁梧的交通警員給了我一張罰單，還**拼命搖頭**：「這樣不對！這樣不對！史提頓先生！你應該**好好努力**……努力……努力……」

一朵金色的雲

第二天**早晨**，在還差十分鐘快到七時正的時候，我醒了過來，臉上全是**電腦**鍵盤的壓痕。

我一路狂奔到「**安心駕駛學院**」，參加我的第五堂實踐課。

首半個小時行車一切順利，穩駕鼠甚至還**不由自主**地表揚了我說：「還不錯，**這就對了啊！**」

一切就是在那一刻發生的。

我突然聽見一陣**警笛聲**。我馬上本能地把車停到了路邊。幸好，我這麼做了呢，因為只是頃刻之間，一個**金色**的東西就從我左邊

呼嘯而過，簡直像一枚**導彈**！

車輛的引擎並沒有任何噪音，只是發出一記奇怪的**嗡嗡聲**，仿如貓咪的呼嚕聲。我

想弄清究竟是誰在駕駛那輛**神秘**的跑車，可是它實在太快了，我根本看不清。我只看見一個金色的**太陽**標誌，凸起在車子前端，就在散熱器上面⋯⋯

只是一眨眼的功夫，又一輛相同的跑車飛馳而過，但它是**銀色**的。

穩駕鼠不禁瞪大雙眼，尖叫道：「哎哎哎哎哎？？？」

他還沒來得及說下去，警笛聲就變得震耳欲聾了！

是飛速追趕剛才那兩輛車的**警察**！

奇怪的事就是在這時發生的。

金色的跑車就在我們眼前，清晰可見！陽光在車身上，彷彿將它變成了一顆金色的星星，閃閃發光……可是「**咔嗒**」一聲，那輛跑車突然

咔嗒！

消失得無影無蹤了！

而 **銀色** 的跑車則緊追不捨，只是幾秒鐘的功夫，就在地平線上消失了……

這時，**警車** 終於不再追蹤那兩輛神秘的跑車，而是 **掉頭** 朝我們開來。

從車上下來的是巡查員鼠偉克。只見他忿忿不平，嘰哩咕嚕着說：「我以一千副生鏽手銬的名義發誓，居然讓它們跑了！」

隨後，他便問我：「史提頓先生，你覺得，那輛跑車究竟是怎麼 **消失** 的呢？」

我搖搖頭，思考起來。

「這可真是一個 **謎團**。但在我看來，一定是觸發了某個機械裝置，才會隱身的。在它消失前，你聽到那一下『**咔嗒**』的聲

響了嗎？似乎是某個**裝置**彈了起來……」

嘘……
嘘……

我轉過身，想聽聽穩駕鼠的看法，他卻突然躲到了角落裏，在和誰通話（究竟是誰呢？）。只聽他**竊竊私語**，不知道在說着什麼（究竟在說什麼呀？？），還一副神秘兮兮的樣子（究竟是為什麼呢？？？？）

隨後，他轉向我，**不耐煩**地說道：「好了好了，今天就到此為止！史提頓先生，我們趕緊往回程！我有一件急事，**十萬火急**！！！！！！！！！」

就叫我索爾！

　　我坐到跑車裏，腦海裏卻始終縈繞着同一個問題：為什麼穩駕鼠會突然變得這麼**焦慮**呢……開回駕駛學院後，我和往常一樣對他說：「明天見啦，杜比斯！」

　　他看也不看我一眼，就**大吼**：「不，明天不上課！我還有重要的事處理！」

　　於是，我就回到辦公室，開始**籌備**那場重要的活動（*沒剩下多少時間啦！*），還檢查了一遍那本道路安全教育**手冊**的文稿。

　　不知不覺，天色已晚。走在回家的路上，我才又重新想起發生在那天早上的怪事，還有那兩

輛相互 **追逐** 的怪車……我剛走到家門前，就聽到了一個奇怪的聲音：「**咔嗒！**」

我嚇得騰地跳了起來，露出 驚訝（其實是害怕！）的神色！就在這時，一團 耀眼的 光芒突然亮起迎面照着我……然後，一輛神秘的金色跑車出現了！

只見它突然 **加速**，「嗖」的一聲在我面前駛過，而跟在它後面的，依舊是那天早上的 **銀色** 跑車！看起來，它們似乎是在 **賽車**！也不知道為什麼，我就是希望那輛金色跑車能贏！我總覺得它好像有什麼危險……不行！我得 **追蹤** 它！

於是，我毫不猶豫攔下了一輛的士，也追了上去（我沒駕駛執照，你們還記得吧？）。

幸好，這時天色已晚，妙鼠城的大街小巷**空無鼠影**。所以，**的士**要想趕上那兩輛車，也不是太難啦……

　　沒過多久，那輛**金色**跑車就又一次消失不見了，而銀色跑車呢，則依然**加速**前進。

　　的士司機不禁尖叫起來：「啊呀呀呀呀，幽靈跑車啊！」

　　他不想繼續載我，但我向他保證，只要他繼續追，我就給他**付雙倍車費**。於是，我們就繼

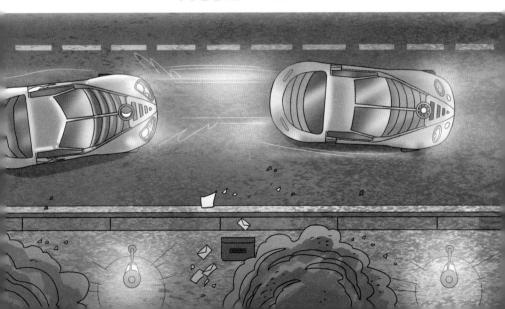

續跟在銀色跑車的後面。

只見它朝着街心花園駛去，隨後又進入了花園外的林蔭大道。在那裏，沒錯，正是在那裏，伴隨着那一下相同的「咔嗒」聲，神秘的金色跑車再一次現身了！它就出現在我們前面，依然被銀色跑車緊追不捨！

這一回，我們絕不會跟丟！

我們緊緊尾隨着銀色跑車。直到這時，我才發現原來金色跑車的方向盤前⋯⋯根本沒有任何司機！

這怎麼可能呢？

突然之間，我想到了一個辦法，可以停止這場瘋狂的追逐。我發現，前方不遠處，林蔭道的路面行車線就會變寬。於是，我命令的士司機：「超過這輛車，快！」

他按我說的超到了銀色跑車前面，接着突然減速。

為了避讓我們，銀色跑車不得不轉向，駛入側道。而金色跑車則利用這個機會，左轉進入了一條小路。見此情形，銀色跑車不得不放棄追逐，消失在夜色中。

的士司機一動不動，害怕得尖叫起來：「這樣的幽靈跑車，我真是受夠了啊！」

謝利連摩！

iiiii 呀呀呀呀

救命啊啊啊啊啊啊

「史提頓先生，我會把賬單寄到你家！再**貴**你也得清付啊！」說畢，司機便把我趕下了車，**揚長而去**。

我孤零零地站在大街上，就像個大笨蛋一樣……我以一千塊莫澤雷勒乳酪的名義發誓，這是什麼神奇的經歷呀！

我居然阻止了一場危險的**飆車**……就這一點來說，我可高興啦！

怎麼一回事啊……

可是，我真的不明白，這究竟是怎麼一回事呢……**簡直是一個天大的謎團呀！**

就在這時，一把金屬機械聲音從我身後傳來。它只說了兩個字：「**謝──謝！**」

恍惚間，我覺得那聲音有點像我的妹妹菲……

我驚嚇得**騰地跳了起來**，迅速轉過身，尖叫道：「咕吱吱！到底是誰在說話呀？」

在我身後，是那輛**金色**跑車。

呃啊啊啊！

我腦海裏浮現的第一個念頭是：「它怎麼會突然**開到**我身後，神不知鬼不覺呢？」

第二個念頭是：如果除了我，**車裏車外**都沒有其它鼠⋯⋯那麼⋯⋯就是**跑車**在說話啊！

我怕自己是在**做夢**，便用力拔了一根鬍鬚。啊呀呀，痛死我啦！咦？這說明我是清醒的呀！而它也再一次說了話。

「**我─是─太─陽─號─索─爾，一輛─機械人─跑車。你─就─叫─我─索─爾吧！你─是─誰？**」她用熟悉的聲音問道（聲音真的很像菲呢，太奇怪了！）。

我吃驚得目瞪口呆！這輛車不僅會說話，居然還有個名字──「**太陽號──索爾**」。這名字和它還真是相配呢。你們看，它閃閃發亮，

就像太陽啊！

　　我好不容易才回過神，回答道：「嗯，我叫史提頓，謝利連摩・史提頓！」

　　索爾說：「嗯……我—相信—你，謝—利—連—摩・史—提—頓。你—想—不—想—成—為—我—的—司—機？」

　　我支支吾吾地說：「嗯，這個，當然，總之，我是說，呃，我很想啦……但是有個問題：我還沒更新駕駛執照呢！」

索爾的秘密

　　沒等我說下去，索爾機械人跑車就命令道：「我—來—駕駛—啦！你—就—暫時—做乘客！等你—更新了—駕駛執照，再—由—你—開。現在—趕快—上車！我—要—帶—你—去—個—神秘—的—地方，那是—我—家……」

索爾開了很久。雖然車速很快，引擎**嗡嗡作響**，但聲音輕柔極了。

除此之外，一切都**靜悄悄**的。我很快就在後座上呼呼大睡，而跑車則獨自完成了所有必要的駕駛操作。直到它在一個小區停下，我才**醒**了過來。不過，我才不會告訴你們，這是在哪條路上，門牌號是多少！因為，我保證過不會**透露**半個字的（我可是一諾千金的呢！）我只能告訴你們，有一道**捲閘門**升了起來，之後索爾就鑽進了一個狹長的房間。這個房間**緩緩**下降⋯⋯啊！原來這是一部升降機！巨型升降機！

這時，升降機停了下來，我們前面的那面牆也打了開來。

出現在我們面前的，是一個無比**寬敞**的汽車生產廠房。那裏有一羣穿着白色實驗袍的技術員。

　　他們圍繞在一堆奇怪的器械旁，正忙得不可開交。

　　這個科學實驗室真是非常**神秘**呢！我心想，他們到底在做什麼實驗呀？我本想問索爾，可當我轉過身，卻發現它已經不在我身邊了。

　　它一邊發出輕柔的**嗡嗡聲**，一邊來到了一名技術員身旁。那隻鼠正聚精會神地做着實驗。只見桌上堆滿了各種試管，裏面是**五顏六色**的液體。

　　索爾喊道：「爸—爸！」

　　直到這時，我才認了出來！那是伏特教授啊！

　　我無法**抑制**內心的激動，不禁大喊：「你怎麼會在這兒呀，教授？」

　　一絲**神秘**的微笑浮現在他嘴角。

　　「我親愛的朋友，能再次見到你真好！看來，你已經知道了我的**最新發明**『太陽號——索爾』。它可是世界上第一部會說話的機械人跑車啊！它是一台實驗車的**雛型**，珍貴無比。謝謝你把它安然無恙地帶回到我這裏！」

　　索爾不服氣地說道：「哼，明明—我—自己—也能—處理！不過，他—挺—厲害，而且—還很—熱心！我—喜歡—這隻—老鼠。」

　　伏特輕輕撫過車蓋，隨後在我耳邊悄悄說道：「索爾是我秘密研究計劃的一部分，專門用

爸—爸！　　乖，索爾……

來對付老鼠島上的壞蛋！我們這兒彙集了整個島上最**優秀**的科學家。自豪地說，他們都來自伏特家族……」

接着，他便按下一個紅色**按鈕**，然後對着麥克風說道：「請各位立刻前往2號實驗室開會！」

片刻之間，就有兩位老鼠氣喘吁吁地**趕了過來**。一位長着紅色的頭髮，鼻尖上架着一副小眼鏡，制服上則繡着英文字母 D。無需介紹，我立刻認出了他來——那是重氫・伏特，伏特教授的姪子！另一個則長着一對閃閃發亮的大**眼睛**，就和黑橄欖一樣……啊！這不是……這不是……**杜比斯・穩駕鼠**啊！

我不禁大叫：「杜比斯？你怎麼會在這兒呀？？？」

伏特教授頗感意外：「謝利連摩，難道你認識我表弟？他可是一位**出類拔萃**的機械工程師和……駕車教練！」

最後還有一位到了。她也長着一頭紅髮，雙眼碧綠得就像一汪清澈的湖水。那是**英特爾·比特，綽號：數碼鼠，電腦工程學教授**，是老鼠島上最權威的電腦專家……

我這才知道，原來她是伏特教授的表妹呢！

唏！

全員到齊！

傳奇的伏特家族

羅伯8號

杜比斯‧穩駕鼠

重氫‧伏特

英特爾‧比特，
綽號：數碼鼠

伏特教授

SOLAR

　　我以為大家已經到齊，沒想到又跑來了一名成員。它就是小機械人「**羅伯8號**」。

　　這時，伏特**鄭重**說道：「很好，都到齊了！現在我們得讓索爾接受一項全面檢查，以確認它沒有任何**損壞**。謝利連摩，如果你願意，我可以讓同事送你回家⋯⋯」

　　索爾卻咕噥着說：「他—留下。我—希望—他—成為—我的—司機。」

　　穩駕鼠不禁大叫：「什麼？你說他？做你司機？他可是一個駕駛新手啊（**我太了解他了，正在給他補課呢**）！而且他還要重考駕駛執照呢（**我都不知道他是不是能通過**）！！！」

我—就—要—他！只—要—他！

索爾任性地堅持道：「謝—利—連—摩·史—提—頓！我—就—要—他！只—要—他……」

我轉身對索爾說：「呃……杜比斯說得沒錯啦。在開車這件事上，我的確是一個駕駛新手……而且我要重考駕駛執照！」

索爾卻不依不饒：「我—就要—史提頓！除了—他，我—誰—也—不—要！」

我的天啊，瞧這倔強的性格……我越發覺得像我妹妹菲了！

伏特歎了口氣：「好吧好吧。不過，謝利連摩得先好好學習操作手冊，而且還得通過考

試，才能更新**駕駛執照……**」

伏特轉身看向杜比斯：「拜託你，明天**大一亮**就給他安排考試。必須趕在索爾執行下一場任務之前！」

索爾開心地響起了喇叭！**嗶嗶嗶！**然後，它就駛向了維修部。技術員們很快就開始對它進行全面**檢查**。

而我呢，則立刻去溫習駕駛規則，應付考試。

接著，我又開始翻閱**索爾**的《操作說明手冊》。我以一千塊莫澤雷勒乳酪的名義發誓，這本手冊竟然足足有一米半那麼厚呢！

我真可憐呀……

索爾——汽車界的未來

「太陽號——索爾」是世界上第一部機械人汽車！

- 因為強大的電磁屏幕，它具有神奇的隱身魔力！
- 通過特殊的金色太陽眼鏡，索爾能夠直接進入司機的腦海。他們合為一體，所向無敵！！
- 它不會污染環境，也不會發出噪音！！！

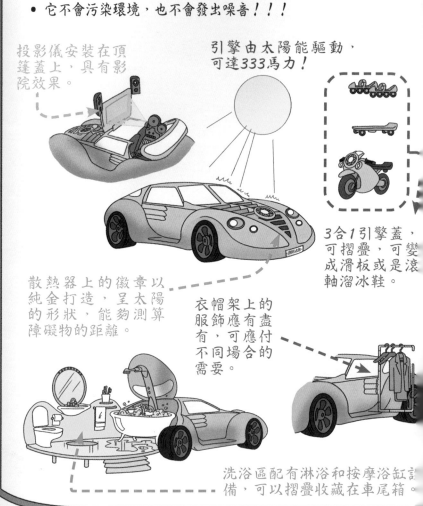

投影儀安裝在頂篷蓋上，具有影院效果。

引擎由太陽能驅動，可達333馬力！

3合1引擎蓋，可摺疊，可變成滑板或是滾軸溜冰鞋。

散熱器上的徽章以純金打造，呈太陽的形狀，能夠測算障礙物的距離。

衣帽架上的服飾應有盡有，可應付不同場合的需要。

洗浴區配有淋浴和按摩浴缸設備，可以摺疊收藏在車尾箱。

防盜系統配有滾燙的把手以及
電擊方向盤。即使有小偷闖
入，也會被頂蓬蓋彈走！

休息區配有乳膠
枕墊。讓乘客做
個香甜的美夢！

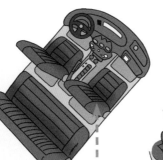

有，靈
配區書提供
公類時提供
辦各隨感
公書供
籍

座椅可以調節溫度，
冬暖夏涼。

車身上大部分的
金屬部分都由純
金打造！！！

車上的電腦系
統能夠啟動自
動駕駛功能。

儀錶盤上展
示着伏特教
授的照片。

甜品區提供
冰鎮飲料和
乳酪小食。

儀錶盤區還有一個
烤爐，能夠烹製美
味鬆脆的薄餅。

伏特向我解釋說，索爾是一輛**機械人**跑車，裝有微分散、微鼠化、微擠壓和微極化的微型電路……（*我什麼也沒聽懂！真的！我向你們保證！*）

我唯一理解的就是，構成索爾**電腦**的電路，是根據……我妹妹菲的大腦模擬建造的！

伏特對我說：「我試着去**模擬**老鼠島上最機靈、最果敢的老鼠大腦。那就是你妹妹菲！」

我以一千塊莫澤雷勒乳酪的名義發誓， 難怪索爾會有這樣倔強的性格呀！難怪它說話的方式總讓我想起菲呢！

還有，難怪我和索爾會這麼**投緣**呢！

　　我還認識到，索爾竟然隱藏很多**舒適的設備！**在頂棚蓋上能夠進行**投影**，播放世界各地的精彩影片；有立體聲音響，可以根據司機的心情播放**輕鬆的**背景音樂；索爾能影印文件，發送傳真，還能做**咖啡**（用三十三種不同的方式啊，而且可選擇加忌廉和巧克力呢！）。對了！它還能烘烤杏仁**餅乾**和薄餅（比如我最喜歡的三層乳酪薄餅！）。

　　我按下一個按鈕，後座中的一個座椅突然變成了一張**舒適的**牀。牀上鋪着柔軟的牀墊，牀邊還有個小櫃子，連着枱燈。

　　車尾箱能夠變成微型浴室，設施應有盡有：

有浴缸，具有**提神**或**舒緩**功效的浴鹽、淋浴設施、馬桶、洗手盆，就連牙刷和牙膏都有呢！

另一個座椅則能變成迷你廚房，裏面有**灶台**和烤箱，還有裝滿各款乳酪的食品櫃……前座則能變成一個小型書房，配有迷你圖書館和迷你寫字桌，隨時提供靈感！

嘩啊！對於一個像我這樣的作家來説，這簡直做到了**極致**……

我剛讀完説明書，杜比斯就走了過來。於是我問他：「你們檢查好了嗎？」

他**搖搖頭**：「還需要做幾個小檢查……馬上就好了。你呢，準備好明天的考試了嗎？還有這本**冊子**，你到底記住了沒有？」

因為壓力，我的鬍鬚也**亂顫**起來！「我已經盡力了啊！但我真的還需要一點時間……至於這本厚冊子，我弄不明白，究竟是什麼讓索爾**消失不見**的呢？」

回答我的是伏特：「這很簡單。它會彈出一塊特殊的**反射屏**，反射出周遭環境，這樣就能掩護自己了。」

我**激動萬分**：「嘩啊！太神奇了啦！那麼，那輛銀色跑車也能隱身嗎？」

杜比斯**憂心忡忡**地回答我：「那輛車叫『月亮』，它無法隱身。」

說着，他便從錢包裏拿出一張照片，說：「這是我妹妹**瑪爾佩莎**。

她曾和我們一起研發索爾……她可是整座島上最出色的信息工程師！」

他**憂傷**地歎了口氣，繼續說：「可是，有一天，瑪爾佩莎突然向我提出，要用索爾去**盜竊**驚世珍寶。我當然不會同意……於是她就企圖偷走索爾。當索爾發現了她的企圖，就啟動了自己的整套**防盜系統**。」

這時，伏特加入了我們的對話：「我們在設計索爾的時候，曾給過它一條道德準則，能夠阻止它做出任何**不誠實**的舉動！」

杜比斯繼續說道：「可是……唉！瑪爾佩莎偷走了設計圖，自己造了一部車，它和索爾相似，卻沒有**道德準則**！她更試圖**摧毀**索爾。

「不過，她觸動了索爾的警報系統，暴露了自己的計劃！她雖然帶着圖紙**逃走**，但有一張紙卻從她手裏飛走，再也無法得到。那張紙上的內容，正是讓跑車隱形的秘密！所以她造出來的跑車，也就是『月亮』，根本無法隱形！所以，從那時起，她就一直想抓住索爾，她要找出**索爾**隱形的秘訣，然後徹底摧毀它！」

啫喱—索爾聯合任務1

我簡直不敢相信自己的耳朵！這是什麼**離奇的**故事呀！怎麼會有瑪爾佩莎這樣可惡的老鼠呢！

這時，杜比斯打斷了我的思緒：「好了，現在不是**氣憤**的時候！你馬上就要作為索爾的司機，開始第一場任務了！我們就叫它『**啫喱—索爾聯合任務1！**』不過，在讓你駕駛索爾

之前，我們得先確定你是否能更新駕駛執照。讓你這樣的瘋子司機在妙鼠城裏開車亂轉，我們可不放心！請問你準備好了嗎？我們要開始 考 試 了！」

我既是緊張，又是害怕，鬍鬚也**亂顫**起來。只見杜比斯遞給我一張紙：「要想通過理論考試，你得做到：

1. 答對全部十道題目；

2. 一個小錯也不能犯！

至於路試，就看你怎麼駕駛索爾了。在任務的前二十分鐘裏，我們會通過秘密攝影機全程**監視**你。你只要犯下一個錯，就會立刻不及格！記住了：

1. 如果你表現得好，我們就為你更新駕駛執照；

2. 如果你表現不好，索爾會把你趕下車！你也別妄想更新駕駛執照！」

我連忙回答：「我一定全力以赴！」

就這樣，理論考試開始了！你們相信嗎？我居然答對了全部十道題啦，一分也沒有被扣呢！

杜比斯也**讚揚**了我：「做得好！不過，接下來才是真正的考驗！你準備好了嗎？」

他話音剛落，索爾就低速朝我開來。在它身旁是我的好朋友數碼鼠。一看到她的那雙碧眼，我的心就怦怦亂跳！

索爾有些不耐煩了：「**你還─磨蹭─什麼，史提頓？到底─上─不─上車？**」

數碼鼠注視着我的雙眼，說道：「現在就看你的啦！」

杜比斯則說：「趕緊通過 路試，否則我們都要倒霉了！誰讓索爾只想讓你做它的司機！記住了：你倆是一個團隊。只有合作，你們才能完成這個**不可能任務！**」

加油啊，謝利連摩！

伏特也叮囑道：「一定要照顧好它！整個世界就**只有**這一台雛型車……」

我將手爪放到胸前：「我用老鼠的名義發誓，一定會用自己的生命來保護它！」

伏特又說：「還有，千萬別洩露這個秘密**實驗室**的地點！」

我向他保證：「我用老鼠的名義發誓，誰也不會找到這裏！」

只聽伏特、數碼鼠和杜比斯異口同聲地喊道：「『**啫喱—索爾聯合任務1**』（還有你的路試）現在開始！」

我支支吾吾地說：「呃……我能知道……這個任務到底是什麼嗎？」

杜比斯**立刻回答**：「抓住『月亮』，拿到克里索菲拉女王的鑽石項鏈，然後把它交回妙鼠

城國家博物館。」

「**什麼什麼什麼？**這我可辦不到啊！明天早上我還要和**市長**參加一場官方活動呢！」

只聽索爾不慌不忙地說道：「**那—你—就—在—今晚—解決—這個—問題！**」

這時，伏特給我遞來了一副奇怪的太陽眼鏡，鏡片是金色的呢！「戴上這個，你就能更輕鬆地和索爾**溝通**了。」

就在我上車前，杜比斯湊到我耳邊，悄悄說道：「你要是找到了**瑪爾佩莎**，能不能告訴我？我想見她一面，哪怕就一面……」

我也**壓低**了聲音：「我答應你。」

他又說：「祝你好運，史提頓！還有，好好

考試！別讓我**丟臉**，知道嗎？」

　　就這樣，我上了車，還戴上了那副金色眼鏡……嘩啊！真是太神奇了呢！我直接連上了索爾的電腦系統！我倆的大腦彷彿合成了一體！**太酷了啦！**

　　升降機緩緩升起，很快我們就來到了街上。在確認沒被發現後，我們**轉入**一旁的街道，然後進入**環城路**，飛馳起來。這時，索爾直接通過大腦跟我說起了話：

「你—說—你—願意—用生命—來—
保護我，我—真是—太—感動了……其
實，我—也——樣。」

我激動得語塞，只能說出一句：「謝謝。」

「不—客—氣。好啦，我們—不要—
相互—恭維了。趕快—開始—任務！要—
抓住—『月亮』，夜晚—再合適—不過。
它—總在—夜裏—行動，因為—它—要—
靠—月光—充電……」

隨後，索爾將它的電腦連上了一顆人造衛
星。這顆衛星在妙鼠城上空的軌道運行，能為索
爾提供一切實時信息。

很快，車載電腦的屏幕上就出現了衛星拍
攝的 **照片**。索爾迅速篩選起來，沒過多久就找

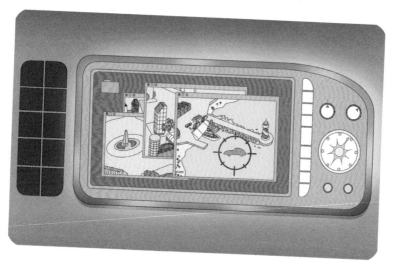

到一張照片，上面有個銀色的物體，像是汽車。沒錯！那正是『月亮』！它就在妙鼠城港口！於是，我駕駛着索爾朝港口開去。我一路留心着 道 路 標 誌 ，不敢違反任何交通規則（*別忘記，我還在考試呢！*）。

　　隨後，我讓索爾用電話聯繫了杜比斯。我告訴他，我們也許能在港口找到『月亮』。但遺憾的是，當我們開到那裏時，它已不見了蹤影。

我們在空蕩蕩的堤壩上找了很久。不知不覺，**黎明破曉**。我們垂頭喪氣，決定開去浴場區。

就在這時，索爾突然在幾個停車標誌前剎了車。它研究了許久，大喊道：「**發現—『月亮』！**」

我四下張望，一頭霧水：「什麼？我怎麼沒看見呀？」

索爾啟動了一個內置回聲探測器，開始探測海底。隨後，它歡呼道：「**找—到—啦！就—在—海—底！**」

此刻，我看到從海底射來一道光……

海面 開始翻騰，緊接著……

『月亮』浮出了水面，就像一條銀色的大魚！

瑪爾佩莎・馮・瑪爾佩

銀色跑車在沙灘上停了下來，車身濕淋淋的。不過，它有好幾根強勁有力的熱氣管，很快就把它烘乾了。

直到這時，車門打開。我最先看到的是一雙細長的腳爪，穿着黑色的靴子，接着是一位身材高挑的女鼠。

原來，她就是瑪爾佩莎！

她披着一頭金色的長髮，身穿一件黑色緊身衣，袖口處有黑色的舊絲裝飾。

在她領口掛着一條項鏈，上面的鑽石足有核桃那樣大呢……沒錯！

那就是克里索菲拉女王的珍寶！

只見她摘下銀色太陽鏡（*除了顏色之外，簡直和我的眼鏡一模一樣呢！*），露出**冷酷**又兇惡的眼神。

就在這時，有誰在我耳邊**悄悄**說道：「是我，杜比斯！恭喜你，你已經通過了考試！」

說着，他**駕駛執照**便把交到了我手裏。謝天謝地！我終於有了合法駕駛執照！可是我沒法感謝他，因為此時，瑪爾佩莎正**斜視**着我們，眼神裏充滿諷刺：「呵，杜比斯，你總算找到我了！看看你和你的索爾！你們簡直太遲鈍！」

杜比斯強忍住**淚水**，說道：「瑪爾佩莎，你不僅容貌變了，連你的心也一起變了！野心已經把你變得面目全非！」

對手『月亮』

『月亮』是索爾的複製版，但它卻少了一個重要的東西，那就是道德準則！

它的製造者是瑪爾佩莎·馮·瑪爾佩，一名出類拔萃的電子工程師。她複製了索爾的設計圖紙，卻刪去了上面的道德準則。於是，她造出的跑車完全不遵守規則，也毫無羞恥心。為了成為老鼠島上最厲害的小偷，她可以不惜一切代價！

引擎由月亮能驅動，可達333馬力。
特殊的銀色車身閃閃發亮，能夠吸收月光，進行充電。

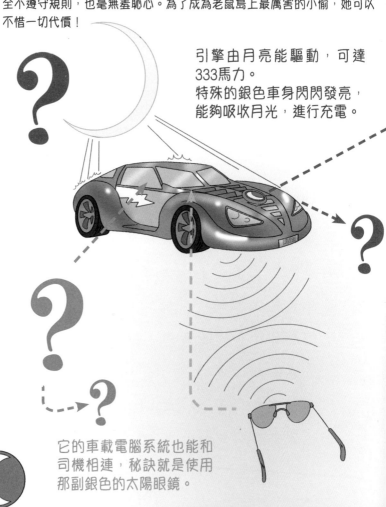

它的車載電腦系統也能和司機相連，秘訣就是使用那副銀色的太陽眼鏡。

它無法瞬間隱身，因為瑪爾佩莎無法複製索爾的一塊重要零件。那張設計圖已經永遠消失了。幸好幸好！

銀色徽章形似月亮，能夠測算所有障礙物的距離。

所有部件大部分都是以純銀打造……不過，它們真的和索爾的部件一模一樣嗎？誰也不知道！

瑪爾佩莎卻譏笑道：「你倒是一點沒變，杜比斯，還是一樣的**蠢**！」她輕輕撫過鑽石項鏈，繼續說：「看我得到了什麼？這都多虧了『月亮』！別急，這還只是一個**開始**！我還有好多宏大的計劃……」

　　「快把**項鏈**給我！」杜比斯命令道。

　　瑪爾佩莎卻笑得越發張狂：「我連一絲這樣的念頭都不會有，**親愛的哥哥**。不過啊，我倒

瑪爾佩莎……

是有個好提議，讓我們的兩輛車來次決鬥怎樣？要是你贏了，項鏈就歸你。要是我贏了啊，你就把**索爾**給我。」

　　我們不禁火冒三丈，想斷然拒絕，但索爾卻說：「**我—接受—挑戰。**」

　　就這樣，兩輛跑車將車頭對準了彼此，大戰一觸即發……

　　它們都拚盡全力，放出大量電流，企圖**熔毀**對方的電路。

杜比斯！

然而，它們的 電 腦 都能自動屏蔽，所以這種戰術根本沒用。

　　接着，『月亮』啟動了一塊超強磁鐵。它能 吸住 周圍一切的金屬物體。我的鑰匙還有口袋裏的硬幣全都 飛了出去 。我皮帶上的扣也沒能倖免。只聽「嗖」的一聲，我整個身體一下子被吸了過去！咕吱吱！

　　但是，索爾也不甘示弱，它啟動了防磁系統，還使出了自己的秘密武器：一羣機器蒼蠅。它們能讓任何引擎停止運作！

　　一看大勢不妙，瑪爾佩莎只好乖乖認輸。她怒吼道：「夠啦夠啦！你們贏啦！不過，我是不會善罷甘休的……」

　　只見她扯下脖子上的鑽石項鏈，一把扔進海裏，陰險地說道：「你們不是要項鏈啊?!

那就自己去拿啊！至於我啊，你們永遠別想抓到！」

說着她便騰地跳上了『月亮』，一溜煙在我們的視線裏消失了。

我愣在那裏，不知道究竟是該拯救項鏈，還是去追蹤瑪爾佩莎。最後，我尖叫道：「項鏈！快！」

索爾「撲通」一聲沉入水中。它從車門探出一張小網，在項鏈被海水徹底吞噬之前，將它撈獲。

索爾重新浮出了水面。一切終於平息。直到這時，我才意識到太陽已經高高掛在天空。我看了看錶，不禁絕望地哀號起來：「咕吱吱，我只有15分鐘的時間趕去妙鼠城市政府！我和市長約好了的啊！！！！」

真是讓我鬍鬚亂顫啊！

索爾計算出一條最快的道路，直通市政府。杜比斯呢，在遵守交通規則的前提下，在車流中靈活地駕駛穿梭。當我們到達廣場時，8時半的鐘聲正好敲響。索爾將車停在不遠處，然後耐心等待我的指示。

市長已經到了。在他身邊還站着馬克斯爺爺，以及我的家鼠。

不止他們呢，還有各家媒體，包括：記者、攝影師以及國內外電視台！

我趕緊朝着市長跑去。他說：「史提頓先生！現在就請你向大家展示，如何安全駕駛！不過，能不能先告訴我，你想用哪輛車來完

成**駕駛**呢？」

　　我只是打了一個響指，索爾就出現在廣場中央。

　　只聽眾鼠驚呼：「**嘩啊！！！！**」

　　我立刻從舞台跑下。攝影師們對着我一陣**狂拍**和提問：「史提頓先生，請問駕駛這輛車是什

麼感覺？它的設計者又是誰呢？」

　　我微微一笑，**輕輕撫過**索爾的車蓋，說道：「能成為它的司機，我榮幸至極！至於它的設計者啊，很抱歉，我無法透露，因為這是一個**秘密！**」

　　隨後我小聲說道：「你準備好了嗎，索爾？」

我發動了引擎。正要出發時，我聽見它說：「我一不會一幫一你。你一得一依靠一自己！」

於是，我開始在這條蜿蜒的障礙車道上駕駛。索爾一言不發。它既不給我提示，也不幫我

解決任何難題……

因為壓力，我的**鬍鬚**都亂顫了起來！

為了冷靜下來，我不停告訴自己：因為有**杜比斯·穩駕鼠**的幫助，我已經順利通過了理論和實踐考試！所以，眼前的困難我也一定能夠克服！我唯一要做的就是**冷靜**！

我聚精會神，想起了這些日子裏所**學到**的一切。

我終於駛過終點。下車的時候，我連話都說不清了：「我……表現得……怎麼樣？」

只聽負責計分的交通警員宣布：「扣分為……**零**！你沒犯任何錯誤！」

舞台上的市長緊緊握住我的手：

「恭喜你！你是我們大家的榜樣！」

我在**鼠羣**中尋找到杜比斯，然後將他邀請

上舞台：「謝謝你，我親愛的朋友！要是沒有你的駕駛課，我根本不可能成功的！」

聽見我的話，他手舞足蹈，但很快就平靜下來，還低聲對我說道：「這都是你自己的功勞，謝利連摩！你真是**做得好！**」

接着他又提高聲量說：「我很高興向大家宣布，謝利連摩·史提頓和這輛世上獨一無二的跑車一起合作，已經尋回了克里索菲拉女王的鑽石項鏈！」

恭喜你！

你幫了我，我也要幫你！

當我和杜比斯把失竊的 項 鏈 交回給市長時，攝影師們又是一陣瘋狂拍攝。

這時，杜比斯彷彿突然記起了什麼急事，向大家告別。

他一邊匆忙離開，一邊焦急地大喊：「啊呀呀，不好意思了各位！我得**趕去**處理駕駛學院新校區的工作。這一定得在今天完成！」

我笑著對他說道：「**真的嗎？**那我和你一起去！你幫了我，現在我也要幫你。對了，我還能讓我的**家鼠**一起幫忙呢！」

就這樣，我的朋友們**共聚一堂**，他們中有菲、賴皮、班哲文、柏蒂·活力鼠、潘朵拉、巍

威·野性鼠、史奎克，還有杜比斯的家鼠們，比如伏特教授、重氫和數碼鼠。對了，連「羅伯8號」也來了呢！

我們**興高采烈**地一起工作，各司其職，團結一心。

第二天，**「安心駕駛學院」**的新校區已一切就緒。

就這樣，在眾多親朋好友的歡呼中，這場歷險也畫上了句號。

啊！我差點忘了……無論你們是走路、騎單車、電單車，還是駕駛汽車，都一定要**遵守**交通規則，因為有一天，它會拯救你們的生命！

要我幫忙？

哈！以下就是我的十條告誡！

道路安全教育
十項規則

1. 遵守道路標誌的指示。
2. 過馬路一定要走行人過路斑馬線。
3. 如果有紅綠燈，一定要等綠燈亮起才能通行。
4. 無論如何，在過馬路前，一定要看下左邊，再看下右邊。
5. 一定要在行人路上走路。
6. 請記緊使用交通安全設施過馬路。
7. 騎單車時，一定要戴上頭盔。
8. 騎單車時請保持在道路右側，永遠不要騎上行人路。
9. 出行前，請確保汽車輪胎沒有漏氣，前後車燈狀況良好，剎車功能正常。倒後鏡一定要清晰，這樣你們才能發現後方車輛駛近。
10. 上車後，請繫上安全帶。

我們下一場冒險再見啦！

啊呀呀！我以一千塊莫澤雷勒乳酪的名義發誓，我差點忘了最重要的一條道路安全教育黃金法則呢！無論你是行人、騎單車或是汽車司機……

千萬不要在路上耍酷或是賽車！要記住，道路可不是賽車場呢！

妙鼠城

1. 工業區
2. 乳酪工廠
3. 機場
4. 電視廣播塔
5. 乳酪市場
6. 魚市場
7. 市政廳
8. 古堡
9. 妙鼠岬
10. 火車站
11. 商業中心
12. 戲院
13. 健身中心
14. 音樂廳
15. 唱歌石廣場
16. 劇場
17. 大酒店
18. 醫院
19. 植物公園
20. 跛腳跳蚤雜貨店
21. 停車場
22. 現代藝術博物館
23. 大學
24. 《老鼠日報》大樓
25. 《鼠民公報》大樓
26. 賴皮的家
27. 時裝區
28. 餐館
29. 環境保護中心
30. 海事處
31. 圓形競技場
32. 高爾夫球場
33. 游泳池
34. 網球場
35. 遊樂場
36. 謝利連摩的家
37. 古玩區
38. 書店
39. 船塢
40. 菲的家
41. 避風塘
42. 燈塔
43. 自由鼠像
44. 史奎克的辦公室
45. 有機農場
46. 坦克鼠爺爺的家

老鼠島

1. 大冰湖
2. 毛結冰山
3. 滑溜溜冰川
4. 鼠皮疙瘩山
5. 鼠基斯坦
6. 鼠坦尼亞
7. 吸血鬼山
8. 鐵板鼠火山
9. 硫磺湖
10. 貓止步關
11. 醉酒峯
12. 黑森林
13. 吸血鬼谷
14. 發冷山
15. 黑影關
16. 吝嗇鼠城堡
17. 自然保護公園
18. 拉斯鼠維加斯海岸
19. 化石森林
20. 小鼠湖
21. 中鼠湖
22. 大鼠湖
23. 諾比奧拉乳酪峯
24. 肯尼貓城堡
25. 巨杉山谷
26. 梵提娜乳酪泉
27. 硫磺沼澤
28. 間歇泉
29. 田鼠谷
30. 瘋鼠谷
31. 蚊子沼澤
32. 史卓奇諾乳酪城堡
33. 鼠哈拉沙漠
34. 喘氣駱駝綠洲
35. 第一山
36. 熱帶叢林
37. 蚊子谷
38. 鼠福港
39. 三鼠市
40. 臭味港
41. 壯鼠市
42. 老鼠塔
43. 妙鼠城
44. 海盜貓船
45. 快活谷

《鼠民公報》大樓

1. 正門
2. 印刷部（印刷圖書和報紙的地方）
3. 會計部
4. 編輯部（編輯、美術設計和繪圖人員工作的地方）
5. 謝利連摩・史提頓的辦公室
6. 花園

老鼠記者 Geronimo Stilton

1. 預言鼠的神秘手稿
2. 古堡鬼鼠
3. 神勇鼠智勝海盜貓
4. 我為鼠狂
5. 蒙娜麗鼠事件
6. 綠寶石眼之謎
7. 鼠膽神威
8. 猛鬼貓城堡
9. 地鐵幽靈貓
10. 喜瑪拉雅山雪怪
11. 奪面雙鼠
12. 乳酪金字塔的魔咒
13. 雪地狂野之旅
14. 奪寶奇鼠
15. 逢凶化吉的假期
16. 老鼠也瘋狂
17. 開心鼠歡樂假期
18. 吝嗇鼠城堡
19. 瘋鼠大挑戰
20. 黑暗鼠家族的秘密
21. 鬼島探寶
22. 失落的紅寶之火
23. 萬聖節狂嘩
24. 玩轉瘋鼠馬拉松
25. 好心鼠的快樂聖誕

26. 尋找失落的史提頓
27. 紳士鼠的野蠻表弟
28. 牛仔鼠勇闖西部
29. 足球鼠瘋狂冠軍盃
30. 狂鼠報業大戰
31. 單身鼠尋愛大冒險
32. 十億元六合鼠彩票
33. 環保鼠闖澳洲
34. 迷失的骨頭谷
35. 沙漠壯鼠訓練營
36. 怪味火山的秘密
37. 當害羞鼠遇上黑暗鼠
38. 小丑鼠嚇鬼神秘公園
39. 滑雪鼠的非常聖誕
40. 甜蜜鼠至愛情人節
41. 歌唱鼠追蹤海盜車
42. 金牌鼠贏盡奧運會
43. 超級十鼠勇闖瘋鼠谷
44. 下水道巨鼠臭味奇聞
45. 文化鼠巧取空手道
46. 藍色鼠詭計打造黃金城
47. 陰險鼠的幽靈計劃
48. 英雄鼠揚威大瀑布
49. 生態鼠拯救大白鯨
50. 重返吝嗇鼠城堡

51. 無名木乃伊
52. 工作狂鼠聖誕大變身
53. 特工鼠零零K
54. 甜品鼠偷畫大追蹤
55. 湖水消失之謎
56. 超級鼠改造計劃
57. 特工鼠智勝魅影鼠
58. 成就非凡鼠家族
59. 運動鼠挑戰單車賽
60. 貓島秘密來信
61. 活力鼠智救「海之瞳」
62. 黑暗鼠恐怖事件簿
63. 黑暗鼠黑夜呼救
64. 海盜貓暗偷鼠神像
65. 探險鼠黑山尋寶
66. 水晶宮多拉的奧秘
67. 貓島電視劇風波
68. 三武士城堡的秘密
69. 文化鼠減肥計劃
70. 新聞鼠真假大戰
71. 海盜貓遠征尋寶記
72. 偵探鼠巧揭大騙局
73. 貓島冷笑話風波
74. 英雄鼠太空秘密行動
75. 旅行鼠聖誕大追蹤

76. 匪鼠貓怪大揭密
77. 貓島變金子「魔法」
78. 吝嗇鼠的城堡酒店
79. 探險鼠獨闖巴西
80. 度假鼠的旅行日記
81. 尋找「紅鷹」之旅
82. 乳酪珍寶失竊案
83. 謝利連摩流浪記
84. 竹林拯救隊
85. 超級廚王爭霸賽
86. 追擊網絡黑客
87. 足球隊不敗之謎
88. 英倫魔術事件簿
89. 蜜糖陷阱
90. 難忘的生日風波
91. 鼠民抗疫英雄
92. 達文西的秘密
93. 寶石爭奪戰
94. 追蹤電影大盜
95. 黃金隱形戰車

與老鼠記者一起
歷奇探險走天下！

親愛的鼠迷朋友，
　　　下次再見！
謝利連摩·史提頓

Geronimo Stilton